KOMOREBI

Lyrische Lichtspiele im Alltagsdickicht

TOM HOHLFELD

EDITION OUTBIRD

Wir sind Fördermitglied des

Phantastik-Autoren-Netzwerks e. V.

PAN

IMPRESSUM

1. Auflage: März 2022

www.edition-outbird.de

Covergrafik: Evgenia Karp
Lektorat: Vanessa-Marie Starker, Tristan Rosenkranz
Buchsatz: Peter Peukert
Reinzeichnung Layout: Benjamin Schmidt
Herausgeber: Tristan Rosenkranz & Peter Peukert

ISBN: 978-3-948887-30-8
Preis: 15,00€

GEWIDMET

Flöcki, dem Clan, A., O., PP, Herrn Filliés
und dem Amphibiengroßmeister

DANK

sowohl denjenigen, die mich begleiteten und
begleiten als auch diejenigen, die ich
begleiten durfte und begleite

BESONDERS FÜR

Glasperlenspielerinnen und -spieler,
Kafkaeske, Possibilistische, Salze,
Geblechnapfte, Zauberbergherbergende,
Fremde, Ihre-Asche-zu-Berge-Tragende,
Mellons und die Anderen

IN GEDENKEN

an all jene, die weiterzogen, vor allem den Buchhändler,
Setzer, Satzalchemisten und Freund Peter.

VERSCHIEDENE LES- & HÖRARTEN

Dem vorliegenden Buch lässt sich auf fünf verschiedene, bislang bekannte Arten begegnen. Es besteht sowohl aus einer Geschichte als auch aus dichterischen Destillaten. Daher können ausschließlich die Geschichte (1) oder die Gedichte (2) oder beides zusammen (3) gelesen werden.

Zudem erscheint - Ihnen wärmstens ans Herz gelegt - ein vom Autor mit viel Liebe fürs Detail produziertes Hörspiel, welches Sie für 10 Euro direkt über den Verlag Edition Outbird oder auch über bewährte Internetportale erwerben können. So kann das Buch sowohl nur gehört (4) als auch zugleich gehört und gelesen (5) werden.

In diesem Sinne: vielen Dank & bon voyage. *)

*) Es wird empfohlen, das vorliegende Werk beim Spazieren, Schreiten, Wandern, an einem wunderbaren Ort, einem Baum, einem Lieblingsplatz, vielleicht sogar mit einem Lieblingsmenschen etc., Hauptsache draußen, zu durchkämmen.

VORREDE

Von Traumesfährten zerrt es die Augen. Der Raum ist voller Konturen, wie gezeichnete Stillleben des Nächtlichen. Fragen bringen den bewegten Geist ins Stolpern, dabei liegt er noch. Verschlief ich den ganzen Tag? Was soll ich hier? Wo bin ich eigentlich?

Orientierung zieht nach und nach müde ein, statt Schlaf, was ich eigentlich zu wollen vermutete. Ich verharre auf den Konturen. Zu schnell sind meine Sinne angepasst. Sehnsucht nach einer vollen, gestaltarmen Dunkelheit schmettert in die Langsamkeit der Gedanken wie ein ungebremstes Auto in das Ende eines Staus. Genauso wie die fade Luft. Das offene Fenster verlädt nur mit Stadthelle und übergeblieb'nen Torklern. An- und ausgehende Lichter schwirren über die gegenüberliegenden Fassaden. Nicht mal nachts ist mir Menschenleere vergönnt?

Ich möchte atmen. Tief ein- und ausatmen. Den Atem halten. Den Atem langsam ein- und auslassen. Doch ist das in diesem viel zu luxuriösen Käfig von Wohnung überhaupt möglich? Vermag dieses Isolatium nicht allen tiefen Verbindungen (letztlich) ein Verhängnis zu sein? Suchen meine Sinne nicht nach Erdung und finden nur den erschütternden Kompromiss, mitten in der ausgebeuteten Luft auf einer Plattform zu stehen? Ganz gleich, ob die Plattform aus Teppich, Parkett oder Beton ist?

Wann studierten meine Füße das letzte Mal puren, formenreichen Boden und überreiche, feucht-weiche Erde? Zu lang ist es her, schreit eine heisere Erinnerung an Tage, in denen ich anders zu leben begehrte.
So entkokoniere ich mich; aus der Bettdecke, aus der Schlafuniform, aus dem vollgestopften Ei, aus der rasenden Stadt. Und hier laufe ich nun auf Pfaden, die wie die Ufer mäandernder Flüsse durch den Lauf der Dinge geformt wurden; ja, hier laufe ich nun gen Felder, gen Berge und gen Wälder mit einer schleichend-stibitzenden Dämmerung.

In der Ferne sehe ich lichtreiernde Städte und Dörfer. Gelegentlich dringt noch das dumpfe Surren donnernder Lastwagen von irgendeiner Autobahn zu mir. Nie sind Winde hässlicher beladen. Hin und wieder rast auch ein Zug quer durch die Landschaft, wobei es in den letzten Nuancen nächtlicher Dunkelheit wie ein fliegender Express wirkt.
Und das Übelste bei all dem ist, wie selbstverständlich ich all das erblicke. Kein Überrascht-Sein, kein Wundern, nur ein trock'nes gedankliches Registrieren. Neutralisiert. Sachlich. Beschleunigt. Reibungslos. Alltagskompatibel. Wo ist der sich kritisch daran erregende Teil? Wo ist die sich daran düngende Phantasie? Ich dachte, es reicht aufzustehen, rauszugehen, und nun verdeutlichen sich mir die nützlichen Grimassen, die über Jahre auf- und auf- und aufgesetzt wurden.

PERSONARE

Tanz von Masken und Scharaden,
Wer das kann, der kann schon viel,
Doch hat man sie zu lang getragen,
Verwächst Wahres mit dem Spiel.

Zumindest für diesen Moment bin ich dieser haftenden Keramiken alltäglichen Umgangs überdrüssig. Doch sie zu zerstören liegt mir fern, wenngleich ich solche Impulse nicht leugnen möchte. Wann war es schon mal anders? Das Empfinden einer Mischung aus Verzweiflung und Durst breitet sich in mir aus. In ihrem Schlepptau ist die Erinnerung an eine Wanderschaft jüngerer Jahre. An eine Nacht, die ich durchwanderte und im Wahn des schnellen Ankommen-Wollens auf dem Seitenstreifen der mehrspurigen Autobahn lief. Jeder Lastwagen donnerte nah an mir vorüber. Jeder Lastwagen glich einem reminiszenzdröhnenden Paukenschlag. Und viele dieser paukenden, surrenden Gewitter später, drehte ich mich plötzlich um und starrte wie entmenscht für wenige Sekunden zur aufziehenden Dämmerung.
Und nun höre ich es wieder flüstern: Lebe. So sei es.

L' AUTOROUTE

Nun schreit‘ ich schon die ganze Nacht
Auf viel befahr‘nen, geteerten Wegen
Und habe unentwegt über mein Leben
Bis in die kleinsten Sphären nachgedacht.

Da waren vielerlei Gemeinsamkeiten,
Die ich zum Augenblicke entdeckte,
Welche ich wohl mitunter all die Zeiten
Meisterlich vor mir selbst versteckte.

Hier steh‘ ich also, mit all dem Wissen
Und den unzählig‘ unterdrückten Dingen,
Alle Narben sind just wieder aufgerissen,
Sodass sie mir ihre greisen Leiden singen.

Oh, ich drohe unverwandt zu explodieren,
Und genau das gewähr‘ ich mir nun auch.
So krieche ich innerlich auf allen vieren
Indessen ich in all das Ungelebte tauch‘.

Mit einem Schlag erheb‘ ich mich wieder,
Leg‘ die überreife, falsche Rüstung nieder
Und schaffe es, den wahren Mut zu fassen,
Um jene Bahn nun zu verlassen.

Mit dieser Erinnerung sind jene Grimassen, Masken, Keramiken, Rüstungen wenigstens für diesen Moment nachrangig; fort wäre wohl zu viel verlangt. Die Frische eines von Wiesen gepriesenen Morgens ist allumgebend und schmeichelt auf unvergleichliche Weise allen Sinnen, dem entfesselten Riechen, der sensiblen Haut, dem feinen Schmecken, dem entspannenden Sehen, den wieder freien Ohren, ja, dem wiegenden Denken. Wundersam ist dieses doch so Alltägliche, was dem Herzen wie Gänsehaut schauert. Welch wunderbarer Morgen.
O Morgenstund. O Morgenstund.

BINSENWEISHEIT

Beinahe schon das ganze Leben,
Erklingen Sprichworte hier und da,
Meistens ohne viel darauf zu geben,
Denn viele Binsen sind's, ganz klar.

Doch je mehr Ringe ei'n schmücken,
Von erlesener Demut reich geküsst
Desto beizend-süßer ist's Entzücken,
Wie wahr doch manche Binse ist.

Aus der Ferne klingen die Glocken. Erhängte
Hähne, die stündlich genötigt werden.
Wächter, die wieselnd durch Straßen,
Gassen, Fenster ziehen und den Gemütern zeitliche
Schläge versetzen. Doch es rümpft sich niemand. Alles
wird gezeigert. Und wenn die Türme nicht wirken,
dann vermutlich die ganz persönliche Auswahl an
defibrillatorischen Kasernenhörnern des Zeitlichen.

TO DO BE DO BE TO

Gerade noch allzu süß geträumt.
Ein bequemes Bett tat verführen.
Bis das Träumchen überschäumt.
Alarm! Alarm! Jetzt marschieren.

Vom Wecker emporgeschlagen,
Der letztlich auch nur Diener ist,
Folgen im Bad weitere Klagen;
Schon von sich selber angepisst.

Bis man mit Frist‘s Essen zeigert,
Zu langsam viele, viele Dinge tut,
Ja mit to-doigen List-en steigert,
Bis sich's vermengt zu stiller Wut.

Und eh‘ die Welt geschlagen wird,
Ist gehetzte Müdigkeit zu spüren,
Die gar schlafoptimiert weiter irrt;
Bis zum Alarm! Jetzt marschieren.

Zugegebenermaßen genieße ich das Klingen von Glocken sehr, wobei ich sie nie mit Zeit in Verbindung brachte. Noch in den nüchternsten Mechaniken des Alltags verbergen sich womöglich Ästhetiken. Nicht klar. Nicht unklar. Nicht da. Nicht unda. Wer vermag schon darüber zu richten, wie klar oder da etwas ist? Selbst in den Floskeln kehren diese Entzauberungspeitschen auf. Wie oft wird mir tagein, tagaus ein „Alles gut?“ oder „Alles klar?“ entgegne(r) t? Auch wenn es nett gemeint ist, vermag eine Torte, die einem ins Gesicht geworfen wird, bei aller Süße über einen bitteren Beigeschmack verfügen.
Überall wird um Klarheit gerungen? Oft wirkt es wie vorausgesetzt, dabei schlicht unterschätzt, wie prächtig das Potpourri sein kann, sein muss: Wie fruchtvoll können Unklarheiten wirken? Welche Essenzen verbergen sich im Klären, als balsamierende Vorboten klaren Lösens? Was schlummert im Verlangen nach Klarheit?

SYNSPHESE

Klarheit - wie oft bist Du beschworen?
Wie wenig trefflich bist Du oft benannt?
Ja, als Zwilling warst Du wohl geboren,
Der viel zu oft zum Einzelkind verkannt.

Denn Unklares - Dein Geschwisterlein -
Ward in alltäglichen Gängen übersehen;
Ein Kokon der Sicherheit für den Schein,
Um den in die Welt Geworfene flehen.

Die Dämmerung scheint ebenso auf Wanderschaft. Sie hat wenig gemein mit einem Anbruch oder einem Grauen. Und doch erinnert mich ihre Vielgestaltigkeit und ihr Sichtbarmachen vieler Gestalten an so manchen Morgen. An Morgen, in denen die noch schlaftrunkenen Augen starr vor sich hinschauten, während unzählbare Mengen an Gedanken vorbeizogen wie blumige Wolken an einem sommerlauen Tag. Und gerade als ich mich in den Kanon alltäglicher Routinen mürrisch-lautlos einzustimmen entschied', nahm jeder Winkel meiner Haut von der Wärme Notiz, welche ihr vertraut und kurz so fremd war. Ein Augenblick des Zögerns, ein Augenblick des Bleibens, ein Augenblick, der Stunden einen ungewöhnlichen Glanz zu verleihen mächtig war und womöglich wäre.

KÄTZCHENSONETT

Träges Morgengrauen sengt
Mit stiller Helle meinen Traum,
Ruft zu Lidesschlägen, beengt
Den reisenden Geist mit Raum.

Doch als ich der Ankunft mich
Verschwören möcht‘, da atmet
Es nebenan, da spür‘ ich Dich,
Die noch auf Wachheit wartet.

Wie steht Dir das Morgenmatt,
Färbt Deine Haut so sommerlich;
Macht mich zum Nimmersatt;
Ach, wache oder träume ich?

Selten war beides sich so nah.
Selten war Unklarheit so klar.

Träumerisch wachen die farbengesprenkelten Wiesen
über die taumelnden Diamanten der Nacht. Indes
vergehen die ersten Strahlen des Tages zu einem
stillen Lichtkonzert, das von allem singt. Im sacht
aufsteigenden Dampf tanzen Gestalten, und in den
Kronen sind unlängst Chöre entfacht. Von den Tümpeln
her hallen amphibische Gesänge. Hier und da kündet
ein Rascheln, ein Knacken von regen Bewegungen
und im Unterholz knuspert's und schreitet's.
All diese Klänge vereinen sich zu einer ganz eigenen Form
von Stille. All diese Klänge schmeicheln meinen Sinnen,
welche zumeist im harten, einnehmenden Scheppern
alltäglicher Betriebsamkeit nach Stille verlangen
und doch nur mit bewegtem Getöse gestillt werden.
Schlechterdings sogar nur so gestillt werden können?
Diese Klänge sind allem Flüchtigen eine feine
Stetigkeit ohne Erwartungen. Diese Klänge
laden zu Sinnlichkeit und Besinnung ein.
Diese Klänge säuseln: Gedeihe. So sei es.

DONNERPRACHTSSAUM

Die Nacht kommt nur zu kurzem Bilde,
Allzu früh wird sie schon hell gewogen.
Auf leisen Sohlen scheint sie fortgezogen,
Im Dämmergeleise sommerlicher Milde.

Es weht mir das gefühlt kurze Verbleiben,
Zu teuer ist mir doch der dunkle Zwirn,
In dem ich letzten Endes einzig eigen
Und vollen Herzens schaffe ruhig zu irr‘n.

Doch die Tage fichen anmutig nach Leben,
Wirkenswild pulsiert das überreife Streben,
Nach emsiger Ernte rufen Blüte und Baum.
Das ist die Pflicht, der Zauber aller Tage,

Den eine jede Kreatur wohl in sich trage,
Als auch ein kühner Sommernachtstraum.

In den rasenden Wogen des Alltäglichen geht rasch der Blick für die Wundersamkeiten des Moments verlüstern. Wie beeindruckend ist es bis jetzt, bis hier und jetzt, bis zu diesem Augenblick all die Jahre, womöglich auch Jahrzehnte gediehen zu sein. Das bloße Dasein ist ein Kompliment an das Leben, an all die Prozesse, welche eng miteinander verwoben sind, vom Flügelschlagen eines Zitronenfalters über das Wurzelschlagen einer astreichen Robinie bis zum Herzschlagen eines Saolas. Alles ist miteinander verbunden. Vielleicht als bunte Einheit. Vielleicht als loses Netz. Vielleicht als beides. Vielleicht als etwas ganz anderes. Wie könnte das Endliche das Unendliche schon fassen? Doch gewiss scheint, dass es, was das Menschliche betrifft, vor allem die Verbindungen zueinander und miteinander sind, welche dieses Wunder des Moments, dieses Wunder des Reifens und Gedeihens ermöglichen.

WIDMUNG

Unzählige Jahre sind nun dahingeschieden
Und sodann steht man da und blickt zurück:
Wo sind wohl die vielen Jahre geblieben?
So zieht man von Augenblick zu Augenblick.
Schwelgt in den Süßen der Vergangenheit,
Die man sogleich sehnsuchtstrunken bemisst.
Bis man erkennt, dass jedes Bild alter Zeit,
Weniger das eigene als mehr das uns‘re ist.

Auch die Bäume erzählen knarrenden Wiegens von Verbindungen und Gemeinschaften. Sie würden ächzenden Lachens davon berichten, wie sich Menschen von ihren Augen blenden lassen und ihrem Fühlen wenig vertrauen. Denn so würden sie, wenn sie sich aus ihrem Alltag schälten und für ein Weilchen säßen, spüren, wie alle Bäume über die Wurzeln tuscheln und tauschen, wie sie gemeinsam blühen und fruchten, um Plätze ausreichenden Lichts ringen oder in herausfordernden Zeiten füreinander sorgen. All das erzählen sie, erzählen schon die Jüngsten. Sie, die an einem Platz verweilen und so viel mehr im Kontakt mit allem scheinen als jeder Mensch in all seinem Unterwegss(ch)ein.
So lausche ich aufmerksam einer Eiche, die,
an der Oberfläche zwar alleinstehend, in jeder
ihrer Fasern hingegen Geschichten
des Gemeinschaftlichen, Fürsorglichen und
Verbindlichen empfindbar macht.

GEFÄHRTENSCHAFT

Gefühlt ziehe ich nunmehr
So lang schon meiner Wege.
Indes ich alles noch erwäge,
Erfüllt mich manches Begehr.

Wahrlich nie hätt‘ ich gedacht,
Treff‘ ich auf einen ander‘n
Mit dem ich sodanne tracht‘,
Zeitlebens stolz zu wandern.

Fortan kann ich nun künden:
Seltenst irrte ich mich mehr.
Nun gilt es, das Weltenmeer
In Gemeinschaft zu ergründen.

Eines Bündnisses süßer Wert,
Das in Gänze mehr noch mehrt
Und im Still‘n und Insgeheim‘n
Möcht‘ ich ohne nimmer sein.

Dankend gleite ich zwischen den Bäumen dahin. Dankend für ihre urteilslose Ruhe. Dankend für ihre vielgesichtige Beständigkeit. Dankend für das beharrliche Erinnern an Gemeinschaftliches, Fürsorgliches und Verbindliches. Oft scheinen meine Mitmenschen fern und dabei bin ich es, der fernt. Doch fühle ich wenig Gemeinsames mit der Art des gemeinhin herrschenden Zusammen-Lebens: im Wachsen verstetigt, ganz gegen das Streben nach weniger Streben, voll drohender Expansionen. Selbst die Bäume und alles darum vermögen davon betroffen zu sein. Und doch spenden sie Schatten. Und doch nehmen sie auf und geben ab. Und doch bleiben sie an ihrem Platz, denn sie verkörpern, dass alles dauert. Immer wieder. Rhythmus ersetzt Kraft. Kraft bündelt sich im Ruhen. Drum ruhe. So sei es.

SONEX

Die Welt mag sich nicht schneller drehen
Und dennoch fühlt es sich schneller an.
Schneller solle beinahe jedwedes gehen,
Schneller sollen sich Wandel versehen
Zu wirken im globalen Wachstumsdrang.

Und wie verhält sich's mit Konsequenzen?
Nicht vor der Tür, sondern auf aller Welt?
Verführerisch scheint gar das Entgrenzen,
Trübend mag im Reichtum Armes lenzen,
Der Scheinheiliges blutig beisammen hält.

Wie fremdlich scheint die Welt geworden?
Sprechen Menschen noch zu allen Zeiten,
Doch immer, ob heute, gestern, morgen,
Taten vor allem Menschen dafür sorgen,
Die sie sich selbst endfremdend verleiten.

So wenig sich die Bäume ihrer Beharrlichkeit entfremden, so wenig vermag sich Sterben dem Geschwindigkeitsrausch zu fügen. Alles sind Übergänge. Es geschieht. Und wider alle Schnelle des Alltäglichen wirkt es langsam und mächtig, beschwört manch tränengeküsste Erinnerungen und kennt kein Entzeigern, kein Aufschieben, kein Entfremden. Es geschieht. Unrecht wäre all dem mit purer Verurteilung getan. Ist es nicht eine weitere Facette alles Wunderlichen des Lebens? Noch im Walde vermögen Bäume, deren letzte Blüte längst zurückliegt, noch allzu vielem Leben schenken. Und so schenken jene vermeintlich Vergangenen vielem Leben. Es geschieht. Manche Träne kullert gerade meine Wange herunter. Womöglich sind nicht alle Tränen von Übel. Es geschieht. Ich lasse geschehen. Es geschieht.

ÜBERGANGSDIARIUM

Das Leben blüht, geht mal zugrunde;
Ob Gott, Natur, wer weiß das schon?
Verblasst es doch zu leisestem Ton,
Wenn sie grüßt, die Abschiedsstunde.

Beflügelt kehrt sodann alle Schwere,
Himmel, Nichts, wer weiß das schon?
Verblasst es doch zu leisestem Ton,
Wenn sie umarmt, die letzte Ehre.

Die Zeit spült jeden mal von dannen,
Ob, ob nicht, wer weiß das schon?
Ja, wo Erinnerungen in Herzen woh'n,
Blüht immer wieder, was vergangen.

Nach wie vor halten Erinnerungen mit jedem Schritt Ein- und Auszug. Ich frage mich, wann ich zuletzt weinte. Als Kind auf jeden Fall. Das war was. Einfach irgendwo in einem Laden weinen, weil mir irgendetwas nicht passte. Was wohl heute passieren würde?
Ein Erwachsener in einem Geschäft voll rasender Konsumophiler beginnt an der Kasse zu weinen.
Neben allerlei Überforderungen käme vermutlich ein trockenes: „Sind Sie jetzt fertig? Können Sie zur Seite gehen? Ich muss schnell weiter." Schade. Lang ist's her.
Damals wollte ich rasch erwachsen sein, vom Trog der Unabhängigkeit naschen, die Freiheit auskosten. Die Welt war wie ein riesiges Abenteuer, jeder erklommene Baum ein Schiff, jeder Kuss hinter Mülltonnen aufregend und jeder Besuch bei Oma ein Spa-Urlaub.

AUSVERZEHEN

Früher stellte ich mich oft auf Zehen,
Wollte groß und rasch erwachsen sein,
Ach, es mochte immer wieder wehen:
Dafür bist du zu jung oder noch zu klein.

Und anjetzt, da ich so weit gesprossen,
Vermag manchmal der Gedanke wehen:
Ach, hättest du es mal mehr genossen.
Wie gern stünd' ich noch mal auf Zehen.

Mit Sicherheit hätte ich mir damals bei solch einem Spaziergang einen Stock geschnappt und wäre umhergesprungen, hätte in jedem Baum Riesen gesehen, mit buschigen Gestalten gefochten und Felsentiere geritten. Wahrlich. Der letzte Ritt auf einer steinigen Schildkröte scheint eine gefühlte Ewigkeit her.
Das war noch zu einer Zeit, in der zeitig ins Bett zu gehen oder nicht über die angesagte Jeans zu verfügen mir wie echte Probleme vorkamen. Wenn ich überlege, wie dankbar ich heute bin, wenn ich mich hinlegen kann und wie das heute als problematisch Erlebte in der Regel durch tausend Büsche wirkt, denke ich beinahe wehmütig an damals. Damals. Damals? Jetzt fange ich auch schon damit an. Es wird wohl Zeit für Pantoffeln .... Nur ein Scherz. Oder?

PROBLEMINGE

Probleme, Ihr zwielichtigen Gestalten,
Erfreut Euch einer fruchtigen Diversität;
Seid vieler Augenblicke stille Gewalten
Und wirkt deftig, eh‘ einer Euch erspäht.

Ja, selten kommt Ihr einfach und allein,
Werdet in Überforderungen starr gehalten,
Denn kurzfristig vermag es lösend zu sein
Euch zu verdrängen oder auszuhalten.

Dennoch hört‘ Ihr nicht auf zu querulieren,
Naja, aber wenigstens tat ich‘s probieren.

Wenn die Sonne nicht durch einen wolkigen Passanten verdeckt wird, vermögen die vielen Blätter, Zweige, Nester und mehr umwerfende Gestalten über den Boden gleiten zu lassen. Die Farben schauen satt aus. Gedanklich tauche ich einen feinen Pinsel in eine kleine Pfütze am Wegesrand und winde ihn im Moos, um mit jenem saftigsten Grün zu zeichnen; gern auch mit dem vollen Rot der Blätter einer Blutbuche oder mit dem grau-weißlichen Schimmer einer Silber-Pappel. Es gibt wohl unzählige Möglichkeiten, das Wandern durch Wälder, über Felder und auf Berge zu erleben. Jeder Atemzug beschenkt mit Frische, an der alles Phantastische Anklang nehmen kann, an der Kreieren mit jedem Schritt beginnt. Welch faszinierender Naturgewalt gleicht doch Phantasie. Picasso lag wohl recht, dass es Jahre braucht, um den Pinsel wie ein bekannter Maler zu schwingen, doch ein Leben lang, um wieder zu malen wie ein Kind.

BIBLIOTHEKEN

Blätter rauschen, duften preisend,
Hängen leicht mit prallen Früchten,
Die fern aller Jahreszeiten lichten,
Ja, noch durch alle Zeiten reisend.

Und zwischen höchsten Bäumen,
Deren Rinden Geschichten flüstern,
Schwirren Schleichende gar lüstern
Zu Pflichten sowie süßen Träumen.

Indessen es in allen Formen fließt,
Wo bunte Fische geisternd gleiten;
Zum Wellenrauschen vieler Seiten,
Zu den'n Leben wächst und sprießt.

Unterdessen begegneten mir einige andere Menschen auf dem Weg. Sie waren rasch unterwegs. Es wirkte beinahe, als wäre sogar das Wandern eine abzukreuzende Pflicht auf der alltäglichen Agenda bzw. den berühmt berüchtigten List-en.
Doch als wäre des schnellen Schritts nicht genug, schauen sie auch noch gebannt, beinahe wie gebändigt auf die Bildschirme ihrer Telefone, manche verbarrikadieren sogar die Ohren und schreien schlimmstenfalls telefonierend vor sich hin. Es ist jedem selbst überlassen, wie er durch die Natur streift und dennoch kann ich nicht leugnen, dass es mich (ungemein) aufregt.
Wie stiehlt sich jeder aus dem Augenblick ins Anderswo, aus dem Verbundensein ins Vernetzte, aus dem Entwurzelten ins Entkoppelte. Fülle. So viel Fülle. So viel Fülle bei so wenig Erfüllung. Vor lauter Informationen wird der Wald nicht mehr gesehen.

INFORMATIONSADIPOSITAS

Krähenlaute streifen durch die Bäume,
Am Morgen, der voll von sozialer Gicht.
Ein Blick aufs Telefon ist zähste Pflicht,
Dass man nichts Unwichtiges versäume.

Schon ist ein jeder seligst vollgestopft,
Hat seinen Potenzialgeysir verpfropft,
Und ist eigentlich wieder reif fürs Bett,
Schwer an Schlaf und an Wissen fett.

Wenngleich es mir nicht fremd ist. Vielleicht hat mich zu früh'ren Zeiten auch jemand derart beäugt? Jeder geht womöglich mit Jüngeren härter ins Gericht als mit sich, obwohl eventuell nicht viel anders gemacht wurde. Vielleicht aus (altvorderer) Erfahrung? Vielleicht aus Schutz? Vielleicht sogar aus Empathie, im Sinne des Bewahren-Wollens der noch Unerfahreneren, der noch nicht so Enttäuschten, derer, die andere Pfade einschlagen könn(t)en als wir selbst? Jene Person, die ihre eigene Erfahrung zunächst für die immenseste hält und es ersparen möchte, dass der andere unter der Härte bricht. Würde sich darin nicht die Immensität des Verbunden-Seins und des Sich-in-Beziehung-Setzens zu den Mitmenschen zeigen? Wie dem auch sei. Es zeigt sich nicht zuletzt auch meine Betroffenheit darin. Wie oft starre ich im Alltag so auf jene glatte, nackte, befleckte, bakterielle Oberfläche? Wie oft bin ich an mehreren Orten zur selben Zeit? Zu oft wird eben solches Handeln gehimmelhochjauchzt. Zu oft erfährt solches Handeln besondere Würdigung. Mit jeder dieser Bestärkungen wird das, was weniger als solches Handeln ist, drastifiziert(er), subversiv(er), vielleicht sogar pathologisch(er).

SELBSTFRAGE

Als Kunst scheint es dieser Tage
Vielerlei gleichzeitig zu erbring‘n.
Schnell zu viel, da hilft die Frage:
Bin ich denn wirklich, wo ich bin?

Ob all diese Gedanken „erst“ in diesen Zusammenhängen, dank des Schreitens, dank des Unterwegsseins, dank der verschiedenen Schatten- und Lichtspiele unter den Baumkronen entstehen konnten? Wäre es nicht vermessen, dies in Zweifel zu ziehen? Plötzlich verblassen diese Denkerei'n durch einen bislang untypischen, dennoch unsagbar schönen Klang: das Kichern eines Kindes. Da kommt es auch schon um einen großen Felsenstapel gerannt, mit strahlendem Gesicht und funkelnden Augen. „Schnapp mich doch“, rief es heiter und frech. Plötzlich sehe ich auch die rufenden Eltern mit einem mahnenden „Nicht so schnell“ um jene Felsen rennen. Ich grinse die leicht panisch Wirkenden an, woraufhin sich ihr bis dato irgendwie angestrengtes Gesicht ebenfalls zu einer Art heiserem Kichern zu verzerren versucht. Daraufhin habe ich einiges zu schmunzeln, da mir ihre Situation nicht unbekannt ist. Ich fühle mich beinahe ertappt, nicht selten selbst einen Hauch zu verbissen zu sein. Vermutlich sind Onkel wie Tanten deswegen immer die Cool(st)en.

KICHERN

Im Kichern liegt manche Süße,
Die Zwei'n, Drei'n Zauber heißt,
In Kühle wärmt, Mauern reißt
Ja, mancher Ferne Nähe hieße.

Und ebenso kann's provozieren;
Schelmisch lockt das Ungewisse,
Mag gar Unsicherheit evozieren,
Geht als Genuss oder auf Nüsse.

Ach, Kichern, feinste Weltenkraft,
Die Menschen, als wär's gelacht,
Ein bisschen menschlicher macht.

Mittlerweile ist aus der lauwarm schmunzelnden Himmelslaterne des Morgens der hitzig schallende Feuerball eines Mittags geworden. Und in jene schweißerregenden Schauer stimmt auch das knurrende Rufen des Hungers ein. Da sehe ich in nächster Nähe ein Dorf vom talsichtigen Weg am Waldrand aus. Für einen raschen Schmaus kurz dahinzugehen, scheint mir ein guter Plan zu sein. Nein. Stopp. Wieso rasch? Wieso kurz?
Heute bin ich nicht arm genug fürs Beeilen. Ausgiebig möchte ich es genießen, den Wegesrand kennenlernen und noch dem letzten Tropfen werde ich mit beharrlicher Aufmerksamkeit begegnen.

MAHLZEIT

Nichts geht über eine warme Suppe
In des Mittags knurrendem Angesicht,
Die mit jedem herzlichen Schlucke
Dem Magen aus dem Herzen spricht.

Das schmeckt allen, von jedem Stande,
Egal wie, woher, aus welchem Lande
Und wenn's noch einen Brotlaib gibt,
Wünsche ich den allerbesten Appetit.

Das war köstlich. Das sättigte auf viele Weisen. Und die lebensfrohe, irgendwie tänzelnde Bedienung schien sich auch an diesem Wohlbefinden zu erfreuen und stellte mir zwinkernd ein Verdauerli hin. Dankend nehme ich es in Empfang.
Sieh an, sieh an. Es erinnert mich an meine jüngsten Erfahrungen mit rauschigen Mitteln; in dem Fall fühlt wohl auch mein Magen mit. Plötzlich überfährt mich eine Kette von einzelnen Bildern, wie bei einer alten Diashow. So wirkt jenes Verdauerli wie das Einverleiben eines Gedankens aus dem Denkarium, das Beschwören unlängst verblasster Erinnerungen, was den ganzen Körper durchfährt, als würde es jeden Millimeter begrüßen. Da kommt allerlei überwunden Geglaubtes wieder hoch.
Halt' es aus, murre ich mich beinahe mantraartig an. Halt' es aus. So sei es.

KATER DROGERNIKUS

Der Morgen drischt mit aller Härte
Der greisen Tageszeit auf mich ein.
Entlockt den Ruhenden der Fährte;
Beim Erwach'n möcht' ich schrei'n.
Von Augenringen herzig zugedeckt,
Jodeln in mir nein-haltige Melodien.
Allzu gerne hätt' ich mich versteckt,
Doch fortan gibt es kein Entflieh'n.

So steh' ich auf in reger Unschuld;
Plötzlich will ich nur noch spei'n.
Magen wie Kopf übeln im Tumult,
Ein Souvenir gestriger Sauferei'n.
In die Schüssel schrei' ich heiser:
Tötet mich, ach, Ihr üblen Leiden.
Doch auch das wird immer leiser,
Indess'n andere Souvenirs bleiben.

Ich schleppe mich zurück ins Bett,
Schwöre jeder Droge kläglich ab.
Fortan werde ich bieder und adrett;
Ja, dass ich nichts zum Spei'n hab.
Als allerdings das Übel schwindet,
Beginnt mein Telefon mit Schrei'n:
Das mir die Arbeitswoche kündet;
Ach, wie ist das doch zum Spei'n.

Alle Tische auf der sonnigen Terrasse werden von Hungrigen, Durstigen, Quasselnden, Lustigen und schweigend Umherschauenden bekleidet. Bei viel Konzentration lassen sich die durch die Luft hallenden Gespräche in den Hintergrund pressen, dass ich zu manchem Gezwitscher hindurchzudringen schaffe. Ein an Lebensjahren reicherer Herr, ein paar Tische weiter, macht hörbar gern auch in normalen Gesprächen von seinem lautstarken Organ Gebrauch. Dabei komme ich nicht umhin, mehrfach die (auf verzerrte Weise rhetorische) Frage „Was nutzt das?" mitzubekommen. Ständig höre ich diese Frage in meinem Alltag.
Wie bin ich dieser Art des Nutzzwangs
müde. Das stimmt mich zunehmend mütend. Welch einnehmende Vereinseitigung wirkt allzu oft dort, wo in dieser Form Verschiedenem begegnet wird? Besonders oft stoße ich auf die Form, die mit Effizienz umschlungen (teils raffiniert verborgen) optimiert. Ein kruder Wolf im teils aufgeplusterten, teils aufgedunsenen Schafspelz.

MARKTREFORM

Nutzen. Nutzen soll dieser Tage
Alles, was irgendwie auch geht;
Ganz gleich, ob's steht oder lebt.
Was bringt es, scheint die Frage.

Selbst noch Freizeit wird geprüft:
Leistet sie sinnvolle Arbeit gerad'?
Ja, der Titel „Freizeit" ist gewieft
Und auf Sklavenmärkten gefragt.

Ehe mancher sich versieht, steigert sich in der gefühlt ständig wiederholten oberflächlichen Unschuldigkeit das multiple(xe) Tätigkeits-Sein. Immer mehr wird getan. Wie ein Ballon des Drucks wächst es (zumeist vorerst still und heimlich) an und fürchtet zunehmend alle Spitzen, welche es zum Platzen bringen könnten/würden. Das überlaufende Fass war gestern.
Auf diesem Weg wird sogar aus den sonst vergnüglichen Sachen ein pflichtbewusstloses Funktionieren.
Sprachlich wird es stets bekräftigt. Ständig höre ich: „danach einfach Abschalten“ oder „die Batterie ist leer“ oder „erst mal richtig auftanken und aufladen“ oder „Was für den Werkzeugkasten“ oder ... lang könnte diese ausdrucksarme Aufzählung sein, die den Eindruck erweckt, dass Unmenschlichkeiten und deren Potenziale nicht zuletzt in solchen feinen Poren sporen und wahrlich wirken wie Arsen.

AUF DEM MARKTPLATZ STRANGULIERT

Äußere kollidiert mit innerer Fülle.
Auswegfern scheint der Betrieb.
Die Mühle, der niemand entflieht,
Kennt weder Anderes noch Stille.

Allzu zermarternd funktionier'n
Inszeniert als Charakterstärken,
Indessen sich, ohn' es zu merken,
Träume und Ideale strangulier'n.

Auf einem Umweg laufe ich in Richtung Waldpfad. Um mich herum streichen die hellockernen bis dunkelgrünen Felder wie Violinenbögen die Winde. Aufmerksam lausche ich dem Konzert, in welchem sich auch die vorhergehenden Gedanken taktvoll verflüchtigen. Für ein, zwei Lidschläge fühle ich mich voller Ruhe. Auf den ersten Blick hätte ich dem jetzt den Namen „Nichts“ verliehen, doch dafür war es schlicht zu viel. Unter anderem dazu brauchte es all das vorherige Hadern, all das vorherige Zweifeln und voreilige Urteilen; ja, mehr noch. Mit all dem, der in verschiedensten Nuancen auch wehenden Vielfalt, konnte sich erst etwas derart Füllendes und Erfüllendes, Hüllendes und Enthüllendes, Nehmendes und Einnehmendes bewirken. Ein Stück, das jene Streicher spielen, hätte den Namen tragen können: Lasse zu. So sei es.

DU-NST

Hörtest Du schon mal im Leben
Wie der Wind durch Felder streift,
Deren Korn schon hoch gereift,
Tändelt, als würde es sich regen?

Gingst Du je neben einem Flusse,
Schautest den Tanze der Libellen,
Lauschtest quakenden Gesellen,
Samt des Mondes letztem Kusse?

Suchtest Du denn je den Beginn
Des Regenbogens demütig-heiter?
Und Du haderst mit allem Sinn?
So had're doch und mache weiter.

Im schattigen Raum des Waldes ist es angenehm kühl. Hin und wieder schauert ein Lüftchen gänsehäutig über die kleiderlos atmende Haut. Indes hüpft manches Steinchen unter einem gelegentlich innehaltenden Schritt von seinem Platz und mancher Blick huscht von Busch zu Busch auf der sprunghaften Suche nach einer beerigen Leckerei, die schon manchen Spaziergang versüßte, hin und wieder sogar süßlich bitterte.
Da seh‘ ich in der Ferne einen Wegweiser. Zuvor lief ich stets auf verschiedenen Routen, doch hier gab es mehrere zur Auswahl. Das schon leicht modrige Schild verleiht jedem Pfad, in dessen Richtung es zeigt, einen Namen und eine Entfernung. Dabei heißen sie wie die Orte, in denen sie münden. Ein Schmunzeln darüber kann ich mir nicht verkneifen. Bei genauerer Betrachtung fallen mir noch zwei zusätzliche Trampelpfade auf. Wohlan. Zwischen Busch und Borke möcht‘ ich sein, in Unkenntnis, was genau mich erst (oder schon?) in einigen Metern erwartet.

ZERZIELUNG

Ziele, dieser feuchtselige Irrsinn,
Der noch manchen Meister rührt;
Ergebnisse allzu schnelle bring‘n,
Allerdings wird der Wege reduziert.

Sich zu besinnen mag sich lohn‘n,
Auch, wenn man es lange vermied;
Allzu viele Wege führen nach Rom,
Nur im Wege liegt der Unterschied.

Eine Lichtung offenbart einen ausgewählten Blick auf die Tiefe und Weite des Landes. Über den Mantel an Baumkronen schweifend konturieren sich städtische und dörfliche Fassaden, hin und wieder in der Nähe von unterschiedlich großen Seen, die von hier wie Pfützen wirken und wo ich auch hinsehe, werden überall graue Linien mit sich hin und wieder bewegenden farblichen Sprenkeln zwischen all den Grüntönen sichtbar. Es wirkt beinahe so, als wäre die Erde ein Ball, um den unzählige ausgeblichene Schnippsgummis gebunden sind; aber noch halten sie eben.
Wieder der Lichtung bewusstwerdend, fällt mir ein junges Bäumchen vor mir auf. Ich schaue es gefühlt eine Ewigkeit an. Schaue schmunzelnd wieder ins Tal und wandere weiter.

SPROSS

Der Geiste, jenes zarte Pflänzchen,
Gedeiht an jedem einzelnen Tag,
So wird auch's zarteste Lämmchen
Alsbald mal groß und baumesstark.

Ein jeder wird sodann ein Gärtner,
Mit jedem Wort. Ja! Mit jeder Tat;
Und auf ewig auch ein Pförtner
Von Wurzel- und gar Flügelschlag.

Höher und höher gelange ich auf den Berg. So lang in der Gesellschaft von Bäumen, Büschen, Feldern, anderen Pflanzen, Tieren, Sonnenlicht und Winden zu sein, löst allerlei. Selten bin ich im Alltäglichen so konsequent und so lang im Rahmen einer (einzigen) Sache. Außer beim Arbeiten und Schlafen. Welch morbide Bemerkung.
Ich atme mehrfach und immer wieder tief ein und lang' aus. Mit jedem Atemzug nehme ich die frische Luft, den bisherigen Weg, die bisherigen Eindrücke auf. Mit jedem Atemzug lasse ich alle Gedanken, alle Geschehnisse, alles Übrige gleiten. Hin und wieder kreuzen lose Gedanken die luftige Zeremonie. Alles relativiert sich. Momente des Aufatmens. Momente des Durchatmens.
Ein. Halten. Aus. Halten. Ein. Halten. Aus.
Halten. Ein. Lassen. Aus. Lassen. Ein. Lassen.
Aus. Lassen. Ein. Entspannen. Aus. Entspannen.
Ein. Entspannen. Aus. Entspannen.

TAUFSTEINIG

Zu Bergeshöh'n, da schreite ich
Im Schritt, der Gedanken schwer
Und im gedankenen Hin und Her
Trauer' ich um alles, das verblich.

Frei wollte ich mich laufen, ja frei,
Doch des Gehens rege Bewegung
Ist wie eine verwegene Belebung
Aller grau angelaufenen Denkerei.

Atmen kann ich wieder, Waldesheil.
Überalterte Trän'n grüßen dankbar
Von ihrem Aufenthalt, der lang war;
Stets vertröstet von Aber und Weil.

Viel erhoffe ich von diesem Gange.
So viel Veränderung ist empfunden,
Doch nach vielerlei Alltagsstunden
Wird klar: Es war ein erster Gesange.

Das Schreiten fühlt sich für jetzt leichter an. Das Bewegen fühlt sich für jetzt leichter an. Das Denken fühlt sich für jetzt leichter an. Alles fühlt sich für jetzt leichter an. Beschwingt stolziere ich des Wegs und entdecke in gefühlt schon tausendmal Gesehenem etwas Neues, knüpfe neue Verbindungen. Wie verblüffend verkehren sich die ausnehmendsten Umstände in etwas völlig anderes. Aus fehlendem, lang schon nötigem Schlaf pulsiert eine längst überfällige Bewegung. Manchmal entscheidet ein Finger oder ein Buchstabe, ob etwas als Krieg oder Frieden, als Hass oder Liebe, als Beleidigung oder Witz aufgefasst wird. All diese Drastiken wirken angesichts dieser Umgebung, angesichts dieses Weges ertragbar, ach, teils sogar erheiternd. Daher begegne ich dem Verschiedensten ungewöhnlich scherzlich.

EINFACH GUTE TAGE

Zuweil'n will man ins Grase beißen,
Hat es übersatt, will einfach raus.
Und wenn dann alle Stricke reißen,
Bleibt auch noch das Erhängen aus.

Von höchsten Felsen schaue ich umher. Das vorhin gerahmte Tal erstreckt sich nun ins Endlose, verschmilzt mit dem Himmel über die bläulichen Konturen in der Ferne ragender Gebirgsketten. Die Schatten von Wolken krabbeln wie Käfer über die Fläche. Ich klettere auf einen spitzen Felsen. Mit geschlossenen Augen setze ich zum Sprung an und lasse mich fallen.
Die Luft bettet mich in ihre zärtliche Schärfe ein und kurz vorm Aufschlag breite ich die Flügel aus und schwirre knapp über der Oberfläche. Das Gleiten fühlt sich leicht an. Das Bewegen fühlt sich leicht an. Das Denken fühlt sich leicht an. Alles fühlt sich leicht an. Nähe und Weite einigen sich in einem Gefühl präsenter Belanglosigkeit. Nach und nach mache ich kehrt.
In einem entscheidenden Blitz gleißender Wärme echoliert in fedriger Leichtigkeit: Erwache. So sei es.

ELSTERWEIB

Zu einem hohen Plätzchen weile ich
Eingetaucht in zarten, späten Schein.
Und in jenes symphonische Angesicht
Blicke ich sogleich versunken drein.

Zu meinem Haupt ruht ein Elsterweib,
Majestätisch, doch ihrer selbst ergeben;
Ja, wenn sie über schönste Plätze treibt,
Stiehlt es sie zu funkelndem Bestreben.

Wie Eisentore fallen just meine Lider.
Auf einmal erwache ich im Elsterlein.
Von ei'm alten Turme stürz' ich nieder;
Im Flügelschlag erstickt sich der Schein.

Auf Wanderschaft durch Wald und Feld.
Auf Pilgerschaft durch all die Wälderei'n.
Dort, in abertausend bunten Scharen, fällt
Im blättrigen Tanz mein stürmisches Sein.

Fortan gebürdet mit marian'ner Trauer
Kehr' ich zu jenem hohen Platz zurück;
Da erblick' ich's Elsterweib auf der Lauer
Und in ihren Augen von mir ein Stück.

Beim Bergablaufen treffe ich an einer Gabelung eine gesellige Runde, die des Weges promilliert. Mit einer spitzen Bemerkung wird aus dem Vorrübergehen eine luftige Begegnung. Lockere Sprüche werden ausgetauscht. Die Ernsthaftigkeit des Alltäglichen begleitete keinen der Trunkenen in den Wald. Sie legten den feierlichsten Zwirn an, indem sie den gewöhnlichen Anzug ablegten. Wer sie auch immer waren und alsbald (wieder) sein werden, für diesen Augenblick umarmen sie ihr ganzes Dasein, für diesen Augenblick fühlen sie sich miteinander eng verbunden, für diesen Augenblick ist die Welt ein akzeptabler Ort, das Leben eine Ode auf die Freiheit und jeder Schluck ein Nippen an einer Ewigkeit. Für diesen Augenblick stimme ich dankbar und beeindruckt in diesen spielerischen Gesang der Unbeschwertheit ein.

PROSIT

Auf dass wir gleich dem edlen Punsche
In diesem Moment gemeinsam glüh'n,
Auf uns're Leben und jeden Wunsche,
So lasst uns werden und auch blüh'n.

Wahrlich eine unterhaltsame Gesellschaft. Um keine Anmerkung verlegen. Um kein Lachen müde. Doch das Maß ist wie das Wandern im Watt. Wer sich nicht zum rechten Zeitpunkt von der anziehenden, unsteten Natur gen Strand zu lösen schafft, ertrinkt in der schleichenden, erbarmungslos wirkenden Flut. Zum Gruße stieß ich mit wandernd Trinkenden an. Nun verabschiede ich mich von Versinkenden. Ich danke für die gemeinsamen Genüsse und ziehe weiter des Weges.

DOSIERTIER

Extreme, Ihr verführenden Nomaden,
Vermögt auf unbequemlichste Weise
Einen leise bequemlich zu verladen,
Inklusive einer Verwüstungsschneise.

Und noch die Reaktionen sind extrem,
Dass es Euch wie Bauchmiezeln trifft,
Denn darin schafft ihr fortzubestehen,
Ja, wie macht die Dosis doch das Gift.

Und beinahe jeder weiß das insgeheim;
Manche mögen wohl vergiftet sein.

Hin und wieder weicht noch ein Schmunzeln über mein Gesicht. Allerdings verhärten sich die Züge mit jedem weiteren Stück Abfall, das den Wegesrand beschwert. Sind die Städte nicht genug? Ist es nicht genug, die Wälder in Brand zu setzen? Ist es nicht genug, die Meere rot zu färben und zu veröden? Ist es nicht genug, die Himmel zu zerfetzen? In jedem Stück Müll, dem ich begegne, echoliert all das. Jedes Stück Müll, dem ich begegne, legt sich wie ein schwerer Mantel um mich. Es wird mein Müll. Ich fühle mich verantwortlich. Ich schäme mich. Und gerade, als ich in enttäuschte Tiraden einzustimmen beabsichtige, sehe ich in einiger Entfernung einen jungen Menschen auf- und abgehen. Ich gehe weiter und staune unbemerkt, als ich sehe, dass jener den Müll aufhebt und sammelt. Manchmal ist Zweifel zur rechten Zeit am rechten Ort, um von einem kleinen Gegenteil verkehrt zu werden. In meinem Zweifel regt sich bei aller Tragik ein kühnes Hoffen. Jener Mensch weiß nichts davon. Ich nicke ihm nur anerkennend zu. Da wird mir mal wieder bewusst, dass nicht die Schneisen oft radikaler Beschwerden und Kritik, sondern die Wogen anderen Thuns anzuerkennen mehr von dem machen wird, was es auch aus eigener Sicht braucht.

KLEINIGLEITEN

Manchen Tages schaut die Welt trüb,
Die Zeiten hart und voll Mattigkeiten,
Die mich manches Mal dazu verleiten,
Dass gar die letzte Hoffnung verglüht.

Doch dann spazier‘ ich und dann fällt
Noch jenem sehnsüchtigen Empfinden
Etwas Kleines auf und mag entzünden:
Es gibt noch gute Seelen auf der Welt.

Dankbar bin ich für jenen jungen Menschen, lass mich von ihm inspirieren, thue es ihm gleich. Auch ich stimme in diese Auf- und Abbewegung beim Wandern ein. Angesichts weltweiter Herausforderungen mag es nichtig wirken. Den Abfall anderer zu bewegen mag anstößig klingen. Sich immer wieder dazu aufzuraffen, mag immer wieder aufs Neue anstrengend sein. Wahrlich. Und nicht jeder Spaziergang an jedem Tag wird ein derartig reinigender sein. Und doch vermag es immer einzustimmen in die notwendigen Veränderungen menschlichen Verhaltens. So birgt jedes Auf- und Abbewegen Demut. So verhindert jedes Auf- und Abbewegen einen Funken weiterer Verschmutzung. So zeigt jedes Auf- und Abbewegen anderen, wie es gehen kann. Oft ärgere ich mich über die Vermüllungen, und doch mag es Augenblicke geben, die all die Momente des Nicht-Leichten für kurz als sinnvollen Beitrag würdigen, wenn bspw. ein anderer plötzlich einen Papierschnipsel aufhebt. Wenig zeigt sich jemals sofort. Vieles bedarf des langsamen Reifens, genährt von vielgesichtigen Wiederholungen. Ich lobe weiterhin jene Auf- und Abbewegung, in der eine leise Stetigkeit singt: Wiederhole. So sei es.

WILLIG

Wie ist das Leben durchzogen
Von einem Meer der Illusionen.
Öfter fühlen wir uns betrogen,
Sind allzu oft hinfort geflogen,
Um Leichterem beizuwohnen.

Und huldigen dem Egogleichen,
Reißen die Mundwinkel empor,
Denn nichts vermag zu reichen,
Alles in uns'rer Gier zu bleichen,
Indess wir ärmer sind als je zuvor.

Wie durchziehen wir das Leben
Mit Fluten geruf'ner Illusion'n,
Sind der Flucht in Trug erlegen
Sowie der Lust emporzuheben,
Um an Leichterem zu verroh'n.

Nach einigen weiteren Trampelpfaden laufe ich durch einen wunderlichen Teil des Waldes. Bäume, deren Namen mir nicht auf Anhieb einfallen, tanzen in verschiedensten Blätterkleidern zu den feinen Winden. Vom saftigsten Grün über strahlendstes Bunt bis zu rostiger Bräune wiegen die Kronen. Als sähe ich für ein paar Schritte einen Fluss von Veränderungsprozessen, dringt dieses Bild in mich ein, nehme ich dieses Bild auf, gewähre ich dem Wirken des Bildes. Welch wunderschöne Gemälde von Übergängen.
Welch Zeugnisse der Zuversicht gestalterischer Vielfalten. Welch Sonaten des längst im Jetzt schlummernden Kommenden. Ja, welch Kunstwerke des Lebens höchstselbst.

MITTERE

Ach, wie bin ich bunt geschwollen,
Gleich der Bäume rauschige Höh',
Und indes ich nun im Sturme steh',
Fällt und bräunt mein trautes Sollen.

Ich hadre, ja, versuche festzuhalten,
Was noch im Niedergange übergeht,
Und was nunmehr verlüstern weht,
Ist allen Lebens ewiges Gestalten.

Plötzlich fällt mir im geräuschigen Hintergrund ein zunehmendes Rauschen auf. Dem Weg weiter folgend enttarnt sich der bekannte Anblick. Der Weg führt über eine Autobahn. Ich grüße sie wie eine alte Bekannte und entschließe mich am unromantischsten aller Wanderorte eine Rast zu machen.
In der Mitte der Brücke ruhig gedeihend, zischen unter mir unzählige Menschmaschinen des Weges, in Gedanken nicht selten schon dort, wo sie hinfahren oder anderswo. Das rasende Rauschen könnte der Lärm eines Sekundenzeigers sein, wenn er gigantisch groß bei gleicher Geschwindigkeit wäre. Dennoch gedeihe ich ruhig auf meinem Platz. Ich lasse es geschehen. Nicht ich bin auf diesen qualmenden Spuren. Ich sitze hier und erfreue mich dort zu sein, wo ich bin. Selbst den lauten Räuschen begegne ich mit einer sanften Gleichgültigkeit, die mich zwar vieler globaler Entwicklungen mahnend, sogar noch eine phantasmagorische Melodie hören lässt. Selbst im raschen Grau gebärden sich matt-bunte Kleinigkeiten. Für jetzt bin ich gelöst genug, um ein paar davon zu lauschen.

KAILOS

Zeiger droh'n wie gezückte Klingen
Vom raschen Außen und Innen her;
Im Einklang mit dem Ruf nach mehr
Mit dem die inneren Gelüste singen.

Rasend wird alles rasender gewollt,
Zum wehen Klang des Zu-Schnellen.
Weniger werd'n die reich'n Gesellen
Indes das steigende Weniger grollt;

Und auf Kosten der Zukunft fortan
Gegenwarten aufgeblasen werden,
Deren reizüberflutendes Verderben
Selbst Glücklichsein ergrauen kann.

Etwas erschrecke ich bei all diesen Gedanken sogar selbst. Für einen Moment könnte der Eindruck entstehen, als wäre es schon immer und die ganze Zeit so, quasi von all dem gelöst. Doch wie viele Stunden des Zweifelns, des Haderns, harter Arbeit, Prokrastination, des Austauschs und des Irrens gingen dem voraus, verbergen sich darin und werden noch folgen?
Ich erinnere mich noch an manch zähe Stunden, an denen mich gedankliche Tiraden zermarterten, Tage, an denen ich mir selbst ablehnend, drohend, hart begegnete, ganz zu schweigen von den Phasen, in denen ich spürte, längst aus dem herausgewachsen zu sein, wie ich mich verhielt. Rasch wirkt es im Schulterblick. Wahrlich. Auch die Blumen, Sträucher und Bäume erzählen von ringenden Phasen. Sie berichten, wie eine Wiederkehr nicht immer einem Zurück gleicht. Und ebenso säuseln sie, wie das, was im Moment blüht, raschelt, färbt und fällt, also in einem Augenblicke wirkt, lang zuvor schon einkehrte. Entgegen der Schnelllebigkeit des Alltags verlangen Wandel nach Austragen. Nach Prozessen des Austragens, in denen das Wie oft mächtiger wirkt als das Was.

ZERGEWALTEN

Mit nichts vermag irgendjemand
Etwas derart wenig zu berühren
Wie mit Drohungen, die verkannt,
Sich leis‘ in Zukünfte entführen.

Ja, ganz gleich wie es beginnt,
Gilt für alle Arten von Gewalten:
Wer etwas mit Gewalt gewinnt,
Kann‘s nur mit Gewalt behalten.

So mög‘n bei aller Schwierigkeit
Immer Menschlichkeiten gelten,
Sodass im Zuge jeder Lebenszeit
Gewalt‘n statt Menschen welken.

Soeben hörte ich eine Wechselkröte. Welch bezaubernde, sehr seltene Gesänge das doch sind. Nach einigen Büschen und einem Hügelchen erstreckt sich ein großer Tümpel vor mir. Türkis funkeln die Stellen, wo die Sonne hinzublinzeln schafft. Hoch gewachsenes, beinahe bambusartiges Schilf steht wie Stelzen an den Rändern, auf denen allerlei geflügelte Insekten hin und wieder zu balancieren scheinen. Flache Wasserzonen mit vielen Kuhlen und Ästen künden von einem amphibischen Paradies. Das wissen auch die vielen Vögel zu schätzen, die hin und wieder wie Pfeile herabschießen, um sich eine kaulquappige Praline zu gönnen. Ich versinke in dieser gewaltig-bescheidenen Szenerie. Die Welt verblasst. Gedanklich graben sich meine Wurzeln in die Tiefe, während ich meines Platzes harre und ein Teil allen Wirkens, allen Geschehens, allen Wandelns bin. Mich faszinieren diese Zusammenspiele, diese Verbindungen. Es gewährt mir Zuversicht, dass wider aller Entgleisungen und Irrungen Wandel auf vielfältigste Arten und Weisen beständig bleiben. Alles geht vorüber. Alles geht vorüber. Alles geht vorüber. Vertraue. So sei es.

SINNVOGEL

Wie ist doch Wandel eine stete Kraft
Des Lebens, Sterbens, des Vollzieh‘ns,
Sowie des Gebens, Nehmens, Blüh‘ns,
Das aller Dinge Schönheiten schafft.

Und es echoliert auch in jedem Leben,
Flattert als singendes Vöglein umher,
Und auch, wenn die Zeiten mal schwer,
Mögen Wandel sich im Dickicht regen;

Denn selbst noch einsam eingesperrt
Singen Sinne, wo Gewalt sich mehrt.

Ein paar Bäume zuvor kreuzten sich die Wege eines an Lebensjahren sehr reichen Ehepaars mit den meinen. In meiner Kindheit hätte ich wohl gesagt: eine Omi und ein Opi. Sie gingen sehr gemächlich, Hand in Hand, und gelegentlich blieben sie stehen, und einer der beiden erzählte lebhaft, während sie auf etwas schauten. Es muss schön sein, sich nach so vielen Jahren noch so viel zu erzählen zu haben. Was haben sie wohl alles miteinander erlebt? Wie viele Male zusammen gelacht? Wie viele Krisen gemeinsam durchsegelt? Die Art, wie sie miteinander umgehen, wie sie einander anschauen, erzählt mindestens ebenso viele Bände wie ihre in Lebensjahren geblichene Haut und Haltung. Was hätten sie mir wohl gesagt, wenn ich nach den essenziellen Lehren ihres Lebens gefragt hätte? Ich ziehe meinen Hut. Sie schafften es, bis jetzt zu leben. Sie schafften es, Myriaden von Alltagen zu meistern. Sie schafften es in diesem Augenblick, gemeinsam in einen wohltuenden Spaziergang im Wald einzustimmen und einander für Kleinig- und Groß(art)igkeiten zu begeistern. Ich komme nicht umhin, eine zarte Sehnsucht in mir zu entdecken.

DRUM MACHE GLEICH

Wo ist die alte Weltenkraft,
Die wie vor wenigen Jahren,
Gleich allen Götterscharen,
Ein'n jeden unendlich macht?

Wo ist die bügellose Glätte,
In der noch Kaschmir raute,
Sich kein Silberling getraute,
In aller kurzen Nächte Sätte?

Wo ist der Jugend ihr Akkord?
Hör' wie Sait' um Saite kräht,
Abends ist's vielleicht zu spät.

Der Morgen, ist er schon fort?
Rasch wirkt's im Schulterblick,
Drum mache gleich; Dein Glück.

Hinter ein paar Felsen entdecke ich eine wunderbare Wiese, die wie ein grünes Meer mit dem Horizont zu verschmelzen scheint. Ich breite meine um die Hüften getragene Jacke an einem Plätzchen zwischen Löwenzahn, Flockenblumen, Mohn und Natternköpfen aus und schließe die Augen. Es ist, als müsste ich gar nicht atmen, sondern als würde die blütengetränkte Frische von sich aus ein- und auskehren. Die Feinheiten jener duftenden Xylophone werden noch um die summend wie schwirrend lauter und leiser werdenden Cembalos erweitert, während die windenden Bläser für die spielerische Note sorgen. Plötzlich stimmt auch eine schnabelnde Trommel nebst der zwitschernden Triangeln ein. Hin und wieder schaue ich zum larimarfarbenen Himmel und erkenne manch unerwartete Form in den flanierenden Zirruswolken: Mal sind es Drachen, mal ein Kammmolch, mal ein Schneidebrett, mal eine Zitrone, und zwischenzeitlich gab es sogar mal eine Prise übergroßen Puderzuckers. So lässt es sich leben. So lässt es sich denken. Und gelegentlich huschten tatsächlich Gedanken zu allem Möglichen und Grundverschiedenem daher, wie Eidechsen, die so galant verschwinden, wie sie gekommen waren.

HABEN ODER SEIN

Ach, bist Du, um zu haben?
Oder hast Du, um zu sein?
Die lockerleichten Fragen,
So schwer im Insgeheim'n.

Doch verzage nicht daran,
Das Leben wird es zeigen,
Denn aller Haltung Gang
Spielt des Denkens Reigen.

Welch erfüllendes Erleben. Einfach nur daliegen und weniger alles in sich hineinsaugen, als mehr von allem hineingesogen zu werden. Das beschwingt das Fühlen, Denken, Schreiten. In jedem Winkel meines Körpers, in jeder einzelnen Pore echoliert dieses feine Erleben und preist noch alles, was mir gerade auf dem Weg begegnet. Aus Zweigen werden die Armbewegungen exotischer Tänze, aus den hin und wieder begegnenden Menschen werden grummelige Pilze, und was zunächst wie pulsierende Licht- und Schattengestalten wirkt, sind Inszenierungen zu einem Festakt der vielen unsichtbaren Leben des Waldes. Alles kann Tanzen sein. Dieser Einladung folge ich gern. Ich beginne kreisend und wiegend ein paar Schritte zu gehen. Auf der Straße wäre ich ein Verrückter. Hier darf ich den Verzückungen stattgeben. Wie die Welt wohl aussähe, wenn hin und wieder, musicalartig, die Menschen auf den Straßen, Gassen und Wegen einfach gemeinsam zu tanzen und zu singen beginnen würden? Allein deswegen braucht es wohl mehr Bäume in den Städten. So gäbe es mehr Licht- wie Schattenspiele und zwitschernde Musikanten. Auf, auf.

IBER OM O K

Auf Waldeswegen tönen
Zwitschernde Gesänge,
Befreien gar allerlei Enge,
Besingen, ja, umschönen;

Zu preisenden Zweigen,
Die jung, ja, windgespielt,
Alle Welt im Jetzt gefühlt,
In wilder Frische geigen;

Ja, und mit Tanzverlangen
Schattenlichtspiel flüstern,
Im Wachstum allzu lüstern;
Im Mehrklange zusammen.

Einem außerordentlich schmalen Bachlauf folgend münde ich an einer großen Felswand; so weit unten recht überraschend. Wie eine Bajadere schlängelt sich das Wasser herunter, teilt sich und führt wieder zusammen. Ein paar Schritte entfernt schaut es aus, als wollten hunderte Gesichter durch den Stein dringen. Beständig bleibt das am Stein entlangrinnende Wasser. In all seinem zärtlichen Fließen prägte es über die vielen, vielen Jahre die Felsen. Wenn plötzlich etwas im Weg ist, nimmt es vorerst andere Wege. Die Beständigkeit regelt das Übrige. Seit Jahrtausenden schwärmen und denken Menschen über das Fließen nach. Das kann ich nachempfinden, gerade mehr denn je. Jetzt, da ich diesen Strom hier entdeckte, jetzt, da ich seine Wege und Formen hier erspüre, jetzt, da ich seine Umgebung berühre, jetzt ist mir das Fließen näher, voller, eindrücklicher denn je. Es ist banal. Und doch sind es solche vermeintlichen Banalitäten, in denen sich Magien des Lebens zu bündeln scheinen. Fließe, hallt es gedanklich wider. Das thue ich, und indem ich es thue, erkenne ich, dass es insbesondere „Durchlebe" meint. Durchlebe. Durchlebe. So sei es.

FORMEN

Aus wildem Stein quellt Leben,
In wilden Formen fließt's dahin,
Und vermag mit bunter Stimm',
Selbst noch Form'n zu geben.

Auf dem Weg durch Stadt und Land,
Wird es in alle Ewigkeiten künden,
Was der Erkennende sodann erkannt,
Wird er letztendlich auch entzünden.

Neben einem Bach oder Fluss zu laufen, wirkt wahrlich beseelend. Oft schwelge ich in Erinnerungen, wenn ich zu jenen Strömen schreite. Plötzlich halte ich inne. Nicht unweit späht ein Storch ins feine Gebrause. Die flackernden Konturen aus Sonnenlicht und Blätterschatten wirken, als wäre er in einen magischen Umhang gehüllt. Ich schaue seiner Krötenhasche zu. Vor einiger Zeit begegnete ich während einer noch recht dunklen Dämmerung einem Storch, welcher auf einem flachbewachsenen Feld stand, gen Tageshelle zu schauen schien und seine Flügel ausbreitete. Es war ein unfassbar mächtiger Moment. Ich weiß, dass ich es ihm gleichtat, die Arme ausbreitete, und mit der um alle Glieder schleichenden Frische überkamen mich unzählige Tränen. Es fühlte sich an, als würden sich die jüngste Nacht, die generellen Situationen, Themen und dazugehörigen Empfindungen in ihnen bündeln. Schwer wie Blei hieß ich sie erleichternd willkommen und ließ sie passieren. Ich spürte ihren Bahnen nach. Immer wieder erstaunt mich, wie körperlich alles doch ist. So vermag auch Weinen einem Geschenke gleichen.

KÄTZCHENSONETT

Diese Nacht erwachte ich erneut,
Obschon wir beieinander schliefen,
Sogar die Träume waren zerstreut;
Sind dies die Geister, die wir riefen?

Auf Leichtigkeit hoffte ich im Leisen.
Jenes Wenige schien schon zu viel;
Zogen in irrenden Gedankenkreisen
Samt uns'rer Masken, die fragil.

Wie lang ist das noch zu ertragen?
Wie viel Lasten trägt's Gemeinsame?
Oder sind das alles nur Scharaden?
Boten fürs unausweichlich Einsame?

Zersetzend vermag all das zu sein,
Drum lass uns zusammen schrei'n.

Der fortgeschrittene Nachmittag, eher noch die sehr kurzen Nächte machen es sich in meiner Gähndichte bequem. Doch sind nicht die Nächte kurz, sondern mein Entscheiden für wenig Schlaf ausschlaggebend? Die Tage sind voll. Ohne groß überlegen zu müssen, könnte ich vermutlich sogar 48-Stunden- Tage vollstopfen. Auf das Alltägliche ließe es sich leicht schieben. Doch ganz gleich, ob pflichthaltiges Handeln oder mehr oder weniger subtiles Konsumieren, es sind nicht die jeweiligen Dinge, sondern ich bin es, der sich dafür entscheidet. Ich trage dafür die Verantwortung. Dieser Gedanke ist mir nicht neu und doch scheine ich ihn auf verwobene, oft kunstvolle Art und Weise häufig zu verdrängen. Ehrlich gesagt beeindruckt es mich, wie sehr ich trotz des Kennens mutmaßlicher Folgen so manches mache. Und ebenso beeindruckt es mich, dass wenn ich nicht selbst für mich Verantwortung übernehme und mit starken Ja's mein Leben durchdringe, dann thun das andere für mich. Darum nehme ich mir vor, bspw. in den nächsten konsumophilen Entgleisungen ein entschlossenes „Verantworte" zu bewahren. Ich achte .... Ich möchte .... Ich entscheide .... Ich verantworte.

KONSUMOPHILIE

Der Stift kreist wie eine Machete,
Und ich bin wie ein Halm im Wind.
Zwischen Zähnen stört eine Gräte,
In Nächten, die nun wie Tage sind.

Derweil starre ich mit roten Linsen,
Will schlafen und kann nicht gehen;
Drum ernte ich mit breitem Grinsen
Genüsse, welche wirken wie Arsen.

Apropos Gewohnheiten. Kaum denke ich an all das, schon laufe ich rascher. So wie es mir geht oder was ich denke, so vermag ich auch zu laufen, so vermag es mir zu (er)gehen. Es erstaunt mich nicht zuletzt am meisten, dass es mich so sehr erstaunt.
Die Beständigkeit von Gewohnheiten verblüfft mich immer wieder. Mit tausend Zungen schillern sie im Handeln als Gleiches. Gewohnheiten sind wahrlich die Königinnen verwegenen Perspektivwechsels und multipler Resilienz. Sie zu erfassen ist schon außerordentlich, sie zu begreifen etwas außerordentlich Anderes, sie zu wandeln außerordentlich außerordentlich. Es erinnert mich an manchen Tanz: Einem Schritt nach vorn folgen mehrere nach hinten. Versöhnlicher lässt sich dem wohl nur selten begegnen. Und da in der Frage stets Energien für die Antworten fließen, werde ich ab sofort mit geschmeidiger Haltung um einen Tanz bitten. So sei es.

HABITUSTRA

Mit bleischwerem Lidesschlagen
Ersuche ich das Traumgespinn;
Fort vom Wozu, nun zum Wohin;
Wusste den Leib weit zu tragen.

Doch am Fleische häng' ich noch.
Viel fordert noch nach Beachtung;
Viel ist noch Teil von Schachtung,
Dem vernunftgeschuldeten Loch.

Das Geohr ist voll lautem Dröhnen;
O' ein Widerspruch dunkler Räume,
Wie Obelisken gefolterter Träume
Und dennoch 'was zum Gewöhnen.

Mir kommen immer mehr Leute mit Hunden entgegen. Ich scheine wohl nah dem Übergang zur herkömmlichen Zivilisation zu sein. Auch die Sonne ist im Begriff überzugehen, bzw. wohl eher die Erde. Am Waldrand leuchten die Felder noch mal golden auf und wiegen im Angesicht eines pastellfarbenen Himmels. Ich halte ein, lehne mich an einen der Bäume und lausche dem Rauschen. Die raschelnden Blätter, das steinige Stapfen, das hechelnde Schnüffeln, alles vergeht in jenem Rausch. Selbst Erinnerungen nehmen Anklang, gehen vorüber. Umwucherte Narben glühen auf, gehen vorüber. Alte Muster nehmen Gestalt an, gehen vorüber. Ich bin bewusst da, gehe vorüber.

UN-EWIG-ES

Wie zieht durch ein jedes Leben
Alles Gewesene unzähl'ge Kreise,
Jeder Atemzug gleicht einer Reise,
In dem sich viele Wunder regen.

Und in aller Fragen rüdem Spann
Zieht alles noch dieser Sekunde,
Wirkt wie kurz als ewiger Bunde,
Den nur das Dasein spüren kann.

Denn nichts ist, wird jemals sein,
Da in jedem einzelnen Moment
Sich alles verändert, meist gelenkt
Vom Jetzt mit all seinem Schein.

Drum ist jeder, was war und wird,
Ist Konvolut alter, neuer Visionen,
Indes Myriaden von Generationen
Weiterleben; deren Weges jeder irrt.

Drum ist jeder Mensch Weltenkraft,
Welche vergeht und immer bleibt,
Etwas Endliches in Unendlichkeit,
Welches im Vergehen liebend lacht.

Die letzten Bäume sind passiert. Ich finde mich an hangartigen Wiesen wieder. Es deuten zu viele Lichter die Züge einer Stadt an. Das Wandern tat gut, erregte allerlei Gedanken und erfrischte die alltagsmüden Glieder.
Es kommt mir vor, als wäre ich Monate gelaufen, doch die Zeiger ließen sich nicht in den Zeugenstand berufen. Oder doch? Vermochten nicht in jedem Schritt viele vorherige Schritte aufleben? Es fühlt sich so an. Es fühlt sich so an. Alles fühlt sich für mich verändert an. Das befremdliche Empfinden des nächtlichen aus der Stadt Wanderns ist nunmehr das nächtliche in die Stadt Wandern eines empfindsamen Fremden geworden. Und wie schon viele Male zuvor, stürmt wieder die Frage in mir, wie ich anschließen solle, an ein Leben, dem ich längst entreift.

KOMMT ZEIT, KOMMT SAAT

Wie vermag ich anzuschließen?
An ein Leben, dem ich entreift?
Wo einen früh're Leute grüßen,
Mit einem Bild, das nicht gereicht?

Wo all die gefundene Zuversicht
An all die alten Welten brandet;
In gar dem alten Alltag strandet,
Der voll allumfassender Pflicht?

So fremd, dämmert es mir tief,
Bin ich meinem Heim geworden,
In des Herzens Tiefe verborgen,
In der ich mich einstmals verlief.

Und nun, im Moment erbebend,
Form' ich mich ins Alltags-Sein,
Indes kehrt, sich nie aufgebend,
Langsam das Erlebte lebend ein.

Beim Überqueren der Wiesen und der größtenteils wieder menschleeren Wege schaue ich angelegentlich bis oft zur nächtlichen Himmelslaterne, die wie schon zu vielen Zeiten beständig ihres Weges zieht. Schon in Kindertagen fühlte ich mich dem Nächtlichen, dem Sternigen, dem Mondischen stark verbunden. In allem steckt gefühlt etwas Gezeitenes. So wandel‘ ich weiter zwischen geschminkten Häuserfronten samt jener geschätzten Gesellschaft.

DER SCHIMMERHIRTEN PFADE

Die Nacht umfängt mit Stille
Mein Herz, das leise weint,
Gen Mond, mit all der Fülle
Mit der es und jener scheint.

Viele ungeäußerte Gedanken.
Flüstern anjetzt sternensacht,
Wo Zweifel stets versanken,
Wie der Tag in tiefster Nacht.

Alleine reisen Schimmerhirten,
Schauen allzu magisch drein.
Ja, und wo dergleichen irrten,
Birgt sich Einsamkeit im Schein.

Nachdem der Bahnhof gefunden war, kam der entsprechende Zug alsbald. Ich mag Bahnhöfe. Sie sind ein klein wenig wie magische Portale zwischen dem bescheidenen Hier und den mannigfaltigen Anderswo's. Ich beschließe, mich nicht zu setzen, sondern vorn an der Tür zu bleiben. Rasch ziehen dunkle Konturen, flackernde Ortschaften und glühwurmartige Bewegungen auf den Straßen vorüber. Hin und wieder fällt mir meine leicht unscharf gespiegelte eigene Silhouette im Türfenster auf. Es wirkt, als würde all das Vorüberziehende rasch durch mich dringen, dabei bin ich es, der an allem vorüberzieht. Diese Situation, samt der relativ gleichbleibenden Geräusche, der aufdringlichen Wärme und dem hin und wieder zunächst langsamer Werden, dann Anhalten, stimmen mich melancholisch.

Es fühlt sich wie eine Trance zwischen Wachheit und entgrenztem Sekundenschlaf an, ein bisschen wie im Zwischen-den-Zeilen eines Textes oder in einem Rasthof: Irgendwie bin ich dort und doch in Bewegung.

MÅNGATA

Gefühlt zieht die Welt an mir vorüber
Und gefühlt bin ich jene Welt zugleich.
Ich (v)erkenne mich in ihrem Bilde wieder
Und doch beflügelt mich das Schattenreich.

Das Leben, das Dasein, alles verschwimmt,
Zerbröselt in den sehnsuchtsvollen Händen;
Im selben Moment beginnt das inn‘re Kind
Sein langes, eisiges Schweigen zu beenden:

„Sieh her, ach sieh her, mein armer Freund,
Beäug all das beherrschte, ungelebte Leben.
Alles das, alles das hast du mal geträumt;
Wieso, wieso hast du einst aufgegeben?“

Markestief erstarre ich im Augenblick,
Lang Gewusstes mag sich aufzubäumen.
Drum schreite ich ein Stück zurück
Und beginn‘ wieder zu träumen.

Eine leicht blecherne Stimme kündet die Ankunft an. Vor Schreck zucke ich kurz und irre mit den Pupillen wie wild durch den Zug, als wäre ich auch in ihm gerade erst angekommen. Im Gegensatz zum vorherigen Wiesenhang fühlt es sich wie wenige Minuten des Fahrens an. Raum, Zeit und Uhren sind schon ein recht skurriles Tête- à-Tête. Ich verlasse den geräderten Wurm und helfe einer Dame den Kinderwagen die Treppen hinunterzutragen. Sie dankt mir mit einem wärmenden Lächeln und, in dieselbe Richtung gehend, schaue ich ihr wehmütig hinterher. Ich fühle mich an die Zeit mit meinem Kind erinnert. Damals, als ich auch die Hilfe von jemandem zum Tragen in Anspruch nahm, als ich meine Augenringe als Bettdecke hätte benutzen können und als ich mir Geschichten zum Einschlafen ausdachte, bei denen ich zu meist selbst einschlief, vor allen anderen - versteht sich von selbst. Mit jeder Erinnerung wächst das wehmütige Empfinden, das mir zugleich eine besondere Wärme verheißt. Vielleicht hol' ich sie morgen ab, und wir gehen zusammen wandern, mit einem Picknick und ausnahmsloser Aufmerksamkeit.

FÜR FLÖCKI

Unzählige Abende las ich Dir was vor.
Oft wurd'n auch meine Augen schwer.
Doch wenn ich mich nicht darin verlor,
Da lauschte ich Deinem Träumemeer,

Dass Du samt Kuscheltiergefährten
Bereistest, gern auch mit Gemecker.
Wenn nicht laute Nachbarn störten
Oder Papas Abend-Arbeits-Wecker.

Allerdings war, zu Schlafenszeiten,
Das Aller-, Allerschönste für mich,
Dich bis zu dem Atmen zu begleiten,
Das zartem Wellenrauschen glich.

Ein Klang zu dem ich gerne schlich;
Voll von Ich-bin-immer-da-für-Dich.

Hier in der Stadt ist schon mehr los. Nicht nur im Bahnhof, sondern auch in den Straßen laufen viele Menschen umher, rasen von A nach B. Oberflächlich betrachtet wirkt es wie die immer gleiche Alltäglichkeit und dabei sind es sicherlich überhaupt nicht dieselben Menschen oder Tage. Nichtsdestowenigerdenntrotz ist mir das angesichts des bisherigen Tages zu viel, zu rasch, zu harsch. Daher gehe ich einfach zu einer Bar um die Ecke. Sie ist voll. Es ist laut. Aber die Menschen sind da, wo sie sind, zelebrieren die Genüsse des Zusammenseins und erfreuen sich an regem Austausch. Ich nehme mir einen entlegenen Hocker an der langen Theke und erfreue mich mit geschlossenen Augen an meinem Getränk, gelegentlich an einem nicht ganz so üblen Witz oder sogar einem angemessen dosierten Gespräch. Hier darf ein Fremder Fremder sein, auch wenn er für diesen Augenblick ein Freund wird. Das schätze ich sehr, genauso wie die schwipsige Leichtigkeit. Und in jedem Lachen, Klirren und Begegnen höre ich ein leises und dennoch deutliches: Genieße. So sei es.

AUFWARTEN

Schnell vergehen die Tage.
Schnell soll's erledigt sein.
Zäh scheint manche Lage,
Fürs stets rasende Gebein.

In der Regel, wie so häufig,
Lässt sich's anders sehen;
Drum mag ich gegenläufig
Einen Tee trinken zu gehen.

Gen leereren Straßen verlasse ich jene Bar dankend. Viele Male ging ich hier schon lang. Heiter, bedrückt, verzweifelt, aufgeweckt. Die Straßen sehen größtenteils noch genauso aus. Konkretere Erinnerungen kommen mir in den Sinn. Wie ich drauf war? Wie ich dachte? Was mich bewegte und was ich verurteilte? Was im Augenblick ewig schien, wirkt rasch im Schulterblick. Und letzten Endes ist alles wichtig und prägend für alles Weitere. Wie werde ich wohl in ein paar Jahren über diesen Moment denken? Wird mir dieser Tag in den Sinn kommen? Wenn ja, in welcher Form? Vermochte ich doch zur Morgenstunde ein gefühlt anderer gewesen zu sein als jetzt, oder? Oft trügt das gegenwärtige Verständnis von Künftigem und dennoch scheint es mir für die Wege so essenziell, die zunächst gegangen werden. Klarheiten, Unklarheiten, Gewissheiten, Verlässlichkeiten, Vermessenheiten, Lieblichkeiten. Alles ist verbunden und uneindeutig. Gleißend verschränkte Komplexitäten lichten sich im Bewegen. Welch' Kunst ist es damit zu leben, es auszuhalten, es zu erleben, es zuzulassen, es zu durchleben, es anzunehmen, es zu gestalten, es vorzuleben, es zu werden.

IRREN UND LIEBEN

Ich wandere durch schlafende Straßenzüge,
Doch war ich noch in kei'm lauteren Tumult.
Ertrag's nicht mehr, bin des Lebens müde,
wie scheint's Irren und die Liebe Schuld.

Indess ruht das Städtchen schöner denn je,
Getaucht ins schimmernde Gold der Sterne.
Wie ist's Dasein mir sogleich ein Weh,
Doch nirgendwo wär' ich zugleich so gerne.

Daher witt're ich über den Geist des Lebens,
Augenblicklich erscheint er tief in mir:
So dies ist der Wunsche deines Bestrebens,
So möge er fortan gelten, jetzt und hier!

Mit einem zarten Hauch ist er verschwunden,
Drückende Leere kriecht durch jedes Glied.
Nun zählt der Tod meine letzten Stunden,
Verloren ist, wer weder irrt noch liebt.

In der Wohnung ankommend, lasse ich mich kurz ins Bett fallen. Es fühlt sich noch nicht recht wie ankommen (wollen) an; ach, dieses Nomadengehirn. Nach und nach erobert ein betörendes Odeur meine Sinne. Sie erzählen in hitziger Feinheit, wer sich hier bei offenem Fenster wandte. Als ich dachte, mich auf die gedanklich ablaufenden Filme etwas einlassen zu können, war ich unlängst mit ihnen verwoben. Die Verläufe des bisherigen Tages thun ihr Übriges. Es fühlt sich intensiv an, weckt die Sehnsucht, dieses echte Begegnen, dieses echte Hingeben erneut zu erleben, am liebsten sogleich. Abermals empfinde ich mich in einer Trance, welche diesmal einem umschlungenen Tanz wilden Verlangens und detailbemühten Erinnerns gleicht.

POESUTRA

Wir liegen da in uns'rer ganzen Pracht,
Räkeln uns im vollen Mondenschein,
Mit feuchten Lippen, zitternden Bein'n
Und rufen leidenschaftlich in die Nacht.

Noch nie waren Momente intensiver.
Noch nie war'n wir so sehr zu zwei'n.
Unsteigerbares steigert sich lasziver,
Mündet in donnernd-feinem Schrei'n.

Besinnungslos an Sinnen trunken
Vergehen Stunden gleich Sekunden,
Und doch sind wir zeitlos versunken,
Gar in Verlorenem wild verbunden.

Schwitzend gleiten wir sodann dahin;
Als Fremde beheimatet im Verrinn'n.

Als ich aus den hitzigen Gedanken erwache, spüre ich neben den entfachten Tiefen, dass es mich wider aller Erschöpfung nach Bewegung verlangt. Ich versuche es weniger zu verurteilen, sondern darauf einzugehen; wenngleich etwas holprig und nicht ohne die ein oder andere innere Tirade, welche letztlich nur in Ruhe zu schlafen trachtet. Nach kurzem in die Luft Starren entschließe ich mich, noch mal hinauszugehen und alle Folgen dem vermutlich morgigen Alltäglichen gegenüber zu verantworten. Das sagt sich erfahrungsgemäß davor wesentlich leichter. Ich ziehe noch eine Runde durch den größtenteils unbeleuchteten Park, lass den Tag Revue passieren: Noch mal erwache ich, entscheide mich und ziehe aus der Stadt, über Felder, Berge und durch Wälder. Ich sehe die vielfältigen Gestalten zwischen den Bäumen, lausche nochmal den reichen Konzerten. Mit den Vögeln noch mal fliegend, mit dem Wasser noch mal fließend, mit den Sternen noch mal ziehend münde ich in den gläsernen Verschmelzungen und verschmelze mit den Atmosphären gehobener Gläser. Und hier spazier' ich nun aus dem Abend.

ABSCHIED UND WILLKOMMEN

Ich spazier‘ gar aus dem Abend
In die laternenlose, lose Nacht.
Wie ist die Stille doch verladend,
Hat mit dem Stricke mir gelacht.

Zum Gruße, mein alter Kamerad,
Auch du auf firmamentenen Fluren?
Meidest du immer noch den Tag,
Wandelst noch auf alten Spuren?

Doch stimmenlos bleibt der Strick,
Geistert weiter auf jenen Bahnen.
Drum lass ich ihn sogleich zurück;
Manche gehen, woher sie kamen.

Doch dafür bin ich nicht erkoren!
Myriadisch starb ich mit dem Tod,
Und myriadisch war ich geboren.
Ja, weiterzugehen ist mein Gebot.

Ich spaziere in die famose Nacht;
Wie ist die Stille doch verladend.
Lang habe ich nicht mehr gelacht;
Und spazier‘ für kurz gar ahnend.

Beim Hinaufgehen führt mich ein Gefühl zum Dach. Die gedanklichen Anwälte des Alltäglichen fügten sich dem: „Naja, das geht jetzt auch noch." Nochmals entfaltet dämmernde Helle ihren einnehmenden Zauber. In nuancenreichstem Violett schaut es allzu malerisch aus. Mein Blick schweift vom Nah bis zum Horizont und weiter. Da sehe ich die wolken-hustenden Türme eines Kraftwerks, sehe, die abwechselnd an- und ausgehenden Lichter hinter zumeist verhangenen Fensterläden. Ich höre in der Ferne Sirenen und ein paar persönliche Kasernenhörner, welche die noch Grunzenden defibrillieren. Plötzlich beginnt auch mein Wecker ein paar Etagen unter mir Alltägliches anzukünden. Da platzt ein herzliches, inniges und kugeliges Lachen aus mir heraus. Mir war bis zu diesem Moment noch nicht bewusst, wie laut mein Wecker bei offenem Fenster klingt und auch nicht, dass mein Nachbar im Bett darüber zu meckern schien. Nach einigen Minuten schaue ich voll losgelöster Röte und Tränen auf die in himmlische Gemälde wuchernde Stadt. So lässt sich ein Tag voller Alltäglichkeiten doch ganz aushaltbar beginnen.
Ich nicke mir augenringlich zu. Lache. So sei es.

PERSPEKTIERISCH

Viel ist los dieser Tage. Wahrlich.
Und ich bin so klug als wie zuvor.
Darum betrachte ich beharrlich
Die Tragik manchmal mit Humor.

WORTREGISTER

ISOLATIUM (S. 8): Kunstwort für die („westliche“) Lebensweise, u. a. in Wohnungen, frei nach dem Motto „Tür zu, Welt aus“.

DEFIBRILLATORISCH (S.16): Adjektivierung des Wortes „Defibrillator“.

LIST-EN (S. 17): Anspielung auf das in dem Wort „(die) Liste“ enthaltene „(die) List“.

SYNSPHESE (S. 19): Dieser Neologismus setzt sich aus dem Wort Synthese und Phase zusammen.

KÄTZCHENSONETT (S. 21): Dieser Neologismus setzt sich aus dem Kosewort „Kätzchen“ und der Gedichtform des Sonetts zusammen. Es entstammt einer von mir geschrieben Reihe von bislang noch unveröffentlichen Liebesgedichten.

SONEX (S. 31): Andersherum gelesen, ergibt sich das Wort Xenos, welches vom griechischen ξένος abstammt und u. a. Gast bedeutet, seltener auch Fremder.

KONSUMOPHILIE (S. 36): Kunstwort für den omnipräsent wirkenden, romantisch-konsumistischen Lebensstil, samt der entsprechenden materiellen Wert(überhöhung). Es setzt sich zusammen aus dem Wort Konsum und der griechischen Endung „φιλία“, die meist für Vorlieben und Neigungen steht.

KAILOS (S. 91): Neologismus, dessen erster Teil „Kai“ den Bezug zum Wort Kairos darstellt und durch das Wort „los“ ergänzt wird, welches sowohl im Sinne von „nicht vorhanden“ als auch im Sinne von „jetzt starten“ verstanden werden kann.

IBER OM O K (S. 103): Andersherum gelesen, ergibt sich das aus dem Japanischen stammende Wort Komorebi, was eines der einzigartigsten Wörter der Menschenwelt ist. Ich übersetze es frei als: das Schatten- und Lichtspiel der durch die Blätter säuselnden Sonne.

HABITUSTRA (S. 113): In diesem Neologismus verbirgt sich die Anspielung auf zwei Wörter: erstens „Habitus“ und zweitens „Zarathustra“.

MONDISCH (S. 120): Neologismus aus „Mond“ und „magisch“.

MÅNGATA (S. 123): der „Mondscheinsteg“, ein seit 1890 in Schweden bekannter und verbreiteter Begriff für die langgezogene Spiegelung des Mondes auf ungestörter, glatter Wasseroberfläche

FLÖCKI (S. 127): Flöcki ist der Kosename meiner Tochter und entstammt einer Reihe von mir geschriebenen, noch unveröffentlichten Gedichten.

POESUTRA (S.135): Dieser Neologismus bezieht sich u. a. auf die Wörter „Poesie“ und „Kamasutra“ und bezieht sich auf noch unveröffentlichte Erotikgedichte.

Geschätzte Mitmenschen,

an dieser Stelle möchte ich mich bei Ihnen für das gemeinsame Hör- und Leseerlebnis bedanken. Ich weiß es sehr zu schätzen, dass ich Sie mit diesen Zeilen begleiten darf. Die schon vor dem Vorwort beschriebenen Möglichkeiten rund um das Hörspiel und weitere Informationen rund ums Buch und um mich können Sie über die folgenden zwei Möglichkeiten erreichen:

1] Sie können den folgenden QR-Code mit der Kamera Ihres Smartphones bzw. Tablets einscannen und werden dann automatisch zu einer Seite weitergeleitet, wo Sie den für Sie passenden Link auswählen können.

SCAN ME

2] Sie geben in Ihrem Internetbrowser händisch „https://linktr.ee/komorebi.tom“ ein. Daraufhin werden Sie ebenfalls weitergeleitet.

Wenn sich für Sie Fragen zum Download des Hörspiels ergeben, Ihnen eigene Ideen kommen, auch bei Ihnen Zeilen zu Papier fließen oder Sie Lust auf eine Lesung an einem ganz bestimmten Ort verspüren, können Sie auch gern eine Nachricht an post@die-stimme.com senden.

Aber zuvor möchte ich Ihnen versichern, dass ich meist nur ein, zwei Monde brauche, um zu antworten.

Vielen Dank & hoffentlich bis spätestens zu einer Veranstaltung vor Ort.

DER AUTOR

Tom Hohlfeld, Jahrgang 1994, leitete neben dem kommunikationspsychologischen und transformationssoziologischen Studium verschiedene kulturelle Einrichtungen. Sein derzeitiges Schaffen setzt sich zusammen aus seinen Tätigkeiten als Schrift- und Stimmensteller „die-stimme.com“ sowie als Gründer des Naturschutz-Startups „Amphibienarchitektur“.

Seine Arbeiten mit dem Sterben, u. a. als jüngster Übergangsredner Deutschlands, kehren zunehmend auch in sein künstlerisch-wissenschaftliches Werk ein und werden, in Form von diversen Projekten, auch mit seinen Naturschutztätigkeiten verbunden. Das In-Beziehung-Bringen verschiedener Bereiche durchzieht sein ganzes Leben. U. a. erhielt er dafür den Christoph-Lüders-Preis.

(Photograph: Thomas Beck)

Bereits erschienen in der Edition Outbird:

Ulrike Serowy „Wölfe vor der Stadt"

Eine halbverlassene Stadt, die nach und nach im Nebel versinkt. Helena, eine junge Künstlerin, führt darin ein zurückgezogenes Leben. Da machen Gerüchte die Runde: Die Wölfe sollen zurückgekehrt sein und um die Stadt streichen. Helena selbst wird von bösen Ahnungen geplagt und von Träumen heimgesucht, die nicht ihre eigenen sind. Sie lernt Johannes kennen, der nur wenig von sich preisgibt und ebenso verloren scheint wie sie.

Nahe kommen sich die beiden, deren Schicksal verwoben scheint; doch Johannes trägt ein Geheimnis in sich. Sein zeitweises Verschwinden, seine bisweilen übermenschlichen Instinkte und Amnesien entspinnen in diesem Roman einen derartigen Sog, dass man die Zeit vergisst. Es braucht nicht vieler Worte, um sich tief im Innenleben der Figuren und des Szenarios wiederzufinden und immer weiter der Ahnung eines nahenden Unheils zu folgen...

Bereits erschienen in der Edition Outbird:

Ingo Munz „An der Guillotine"

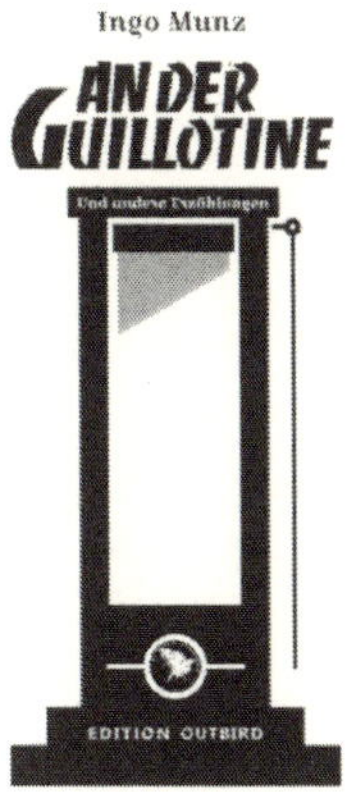

Mit feiner Feder nähert sich Ingo Munz in seinen Erzählungen Charakteren an, die es in dieser Dichte nur selten zu erleben gibt. Bisweilen entfaltet sich hintergründig der Schimmer einer Ironie, und immer auch wird eine Andeutung übrig bleiben in seinen Stoffen, die wir gar nicht auf dem Schirm haben: ein hochmütiger Schriftsteller in scheiternder Lesung vor hochmütigem Publikum; das von einem Geiger in seinen Bann gezogene Mädchen Alima, dessen Angst sich still aus dem Hintergrund nährt; das Blut im Lichthof eines Museums, das dem Künstler letzten Ruhm beschert.
Mit Leichtigkeit taucht Ingo Munz in verschiedenste Charaktere ein – dem eines Schriftstellers, eines Killers, eines Kurators -, um seinen Lesern kein Entkommen mehr zu bieten aus den Perspektiven seines fesselnden Erzählstroms. Die Andeutungen in seinen Erzählungen wiederum wandeln sich oftmals in Fragezeichen, die man nach der Lektüre mit in die Nacht nimmt.

ISBN 978-3-948887-20-9, Preis: 18,00€

Erhältlich im gut sortierten Buchhandel und unter Shop.Outbird.net.

Bereits erschienen in der Edition Outbird:

Holger Much „Das Licht im Dunkeln"

Eingehüllt in wundersame Kunstwerke, entspringen Holger Muchs Texte, vor allem seine Gedichte, zugewucherten Wäldern, ähneln knorrigen, liebenswerten Wichteln ebenso wie anmutigen Einhörnern und machen sich mit Hand, Fuß und Huf kurzerhand im Herzen breit, um dort eine Heimat zu finden.

Seine Worte haben einen ganz eigenen, geradezu musikalischen Klang. Denn viele seiner Texte scheinen unvertonte Liedfragmente zu sein, überliefert aus alter oder noch nicht wiedergekehrter Zeit, aufgeschnappt vom lauschenden und staunenden Wanderer Much, der sie fürsorglich in den hohlen Händen einzufangen und liebevoll nach Hause und zu Papier zu bringen scheint.

Mit zahlreichen Illustrationen, einem Vorwort von Asp Spreng und einem Nachwort von Markus Heitkamp.

KOMOREBI

Lyrische Lichtspiele im Alltagsdickicht

TOM HOHLFELD

EDITION
OUTBIRD